めんどうくさい人間

詩集

大岡直樹
OOKA Naoki

文芸社

目次

猫

猫背猫舌の俺は
コーヒーをテーブルの上に置き
まとわりつく猫なで声の
三毛猫の猫糞君を
猫じゃらしで遊んでやる
猫かわいがりも
適当にしないと
猫またぎされるからね

モンシロチョウ

食われたっていいじゃないか
そう思えない　小さな心
俺の殺意は　とっくに
見透かされている
俺をからかい
自由に飛び回っている

ヘビクイワシ

初めて出会ったのは
上野動物園だった
何度も
上野を訪ねたが
あなたの前に立つと
その威光に圧倒される
あなたの気高さは
どこからやってくるのだろう
大地を蹴れば

どんな蛇でも逃げ出す

ナマケモノ

鋭い爪で
木の枝にぶらさがって眠る
素敵な動作ののろさ
心憎い最高の名前

郭公

子育ては大嫌い
餌を取ってきて
雛に与えるなんて
もってのほか

卵は他の鳥の巣に産めばいい

子育ては
馬鹿のやること

人間の真似をしてはいけません
すべての間違いは
そこからきているのさ

落ちている答え

何を問うか
どう問うか
決まれば
問う必要はない
答えはそこに落ちている

痛棒

言葉の迷路で
迷子になり
べそをかいている
わたし

傷つきたりない
のだ

痛棒が欲しい

あなたの痛棒　が

わさび

のろくてもいい
諦めが悪い　と
笑われてもいい

努力している間は
人は迷うものさ

努力は
人生の

わさび
美味しく
いただこうじゃないか

目礼

海岸には
波の花が咲いている
終日
長イスにねそべって
何もしない
ただ　海の言葉を聞いている
そして
去り行く時間に目礼する

自由

道端の小石だからといって
馬鹿にしてはいけない
誰からも注目されず
関心ももたれない

自分で歩けない小石
けれど　自由を知っている
自由を知っていても
自由とは限らない

会話

足に
靴が話しかけた
きみがいるから
こうしていられる

足が
答えた
きみがいるから
歩くことができる

あかちゃんの靴

自転車に乗って
スーパーマーケットに
行った
帰り道
道端に
疑問が置いてあるのに気付いた
無言のまま通り過ぎたが
それは真新しい
　小さな

かわいい
あかちゃんの靴
きれいに揃えられていた

矛盾

矛盾は
俺の最も得意とするところ
固有の性質
嘲笑を浴びて
発芽する種子だ

口笛を吹きながら
踊り歩きで行こう

ランラ　ランラ　ランラ　ランラ
ランラ　ランラ　ラー

嘘つくわたし

嘘つきは泥棒のはじまり　だ
そう子供の頃
ひどく叱られた記憶は
誰にでもあるでしょう

大人になった今でも
わたしは嘘をつく
泥棒を稼業にしている
わけではないが

相手によっては
事実を伝えると
起き上がれない
心に深い傷を与えるようなら
嘘もあると思っている

めんどうくさい人間

人は
言葉をおぼえて
大人になる

言葉をおぼえると
分からなくなる

世界が分からなくなる
自分が誰なのか分からなくなる

人間は
めんどうくさいね

休みは終わった

さあ
休みは終わった
みんな仕事にもどろう

俺も仕事にもどる
俺は長い階段を
ゆっくりと下りはじめる

たどりつけない　という

言葉の地底をめざして
危ない真似はよせ
帰れないぞ
と　いう忠告を無視して

扉

入口であり
出口でもある

人の気持ち

いやだと思っていると
時間は止まっている
楽しいと思っていると
時間は駆け足で去って行く
何故かしら
同じ時間なのに
きっと
時間は
人の気持ちがわかるのさ

たんか

何故　詩を書くかって！
そこに言葉があるからさ
そんな　たんかを切ってみたいね
ジョージ・マロリーのように

虹

たくさんの雨を降らした
入道雲が足早に
東の空に去って行く
西日に照らされた
七色の虹が橋をかけている
虹の橋を渡るには
チャップリンに
聞くしかない

馬に逃げられた身

また
お会いしましょう
近いうちに

でも
わたしの約束は
信じない方がいい
わたしは
馬に逃げられた身だから

教えて欲しい

真珠の耳飾りの少女よ
あなたが見たものは何
あなたの視線が捕らえたもの
それを教えて欲しい

このおいぼれの俺にも
見ることが出来るのか
教えて欲しい

言葉に出来るものか
出来ないものか
それを教えて欲しい

明日

明日のことは
誰もわからない
だから
人は希望を紡いで
生きている

それは何故

人の細胞は
半年から一年で
新しいものと置き替わるという
同じ人間の姿をしていても
中身はすっかり新しくなっている
変わるもの　と　変わらないもの

けれど　変わらないものも
ゆっくり時間をかけて変わっていく

愛

何も期待しない
何も見返りを求めない
そこに愛があるから

高みの見物

衝突して
潰れた車を前に
もめている連中には
関心がない
俺が気になっているのは
ふっとばされて
くたばっている
お犬さま
赤毛で美味そうだ

電線の上で
人間どもが
早くたち去るのを
待つしかない
それまで
高みの見物
俺は　烏　だよ

いいじゃん

「どこの国の言葉」なのと
尋ねても笑わないで欲しい
冗談がきついね　と
叱らないで欲しい

知ってるよ
世界に変わらないものはない
言葉でもそうだ
使いたければ

じゃん
じゃん
使えばいい

豊かな日本語に
泥はぬりたくない　と
心配している
おいぼれの嘆きに
片目を瞑って
親指を立ててくれれば
済むこと

乾杯

新しく勃興した
文明に殺されたのだ
廃墟の前に立つと
自然と背筋がのびる

乾杯だ
滅び去った文明のために
上等な赤ワインがいい
そして

俺はしばらく立ち続ける
グラスを手にしたまま

根っこ

光を避けて
暗い方へ
より暗い方へ
のびる根っこ
風雨に耐えて
立っていられるのも
根っこ　あってこそ

もし

世界が
光で満ち満ちていたら
立っていられない

黙礼

無駄に無駄を重ねても
無駄である
無駄をどんなに積みあげても
塔にはならない

それでも
無駄に
人生のすべてを
かけているなら

わたしは起立し
不動の姿勢で
黙礼する

イワン・デニーソヴィチの一日

セロトニンの不足が原因
やる気が下がる仕組みを解明
と　量子科学技術研究開発機構の
南本敬史氏
堀由紀子氏
両氏の成果を
メディアが伝えている
これからは
ラーゲリの生活も

楽しくなる
銃で見張られながらの
労働は最高だ
今なら
ソルジェニーツィンも
『イワン・デニーソヴィチの一日』
を書かなかったかもしれない

科学技術

$E = mc^2$
これは彼の有名な
物理方程式
この方程式から
私達は　物質はエネルギーの
別の姿だと理解できる

見えないものが
見える形である

ロスアラモス

科学技術って何
何でも実現してくれる
魔法の杖
それとも
自分自身の首を絞め上げるロープ

歩のない将棋

時折
詩は　とつぶやき
含み笑いしては
気味悪がられている
ろくでなし

俺は毎日
歩のない将棋をさしている

かくれんぼ

もういいかい
まあだだよ
もういいかい
まあだだよ
もういいかい
まあだだよ

もういいかい
……
そっと
目隠しの手を取れば
誰もいない
誰も返事をしてくれない

花子ちゃんも
太郎くんも

みんな帰ってしまった
赤い太陽も
西の山に姿を

消そうとしている
迫る暗闇の中
しょんぼりとたたずむ鬼
きみは誰なの

約束

約束が守られなかった
と　あなたはおっしゃる
でも悲観することはありません
この世界に守られる
約束などありはしないのです
条約は相手を出し抜く
ために結ばれている
世界は裏切りで
出来ているのです

約束を守れば　正義
約束を守らなければ　悪
そんなきまりはないのです

希望

あなたが
待て　と
おっしゃるなら
待ちましょう
一切の希望を捨てて

野暮

見えないものには
興味が尽きない
見えるものには
ほとんど関心がない
だから
見えないものを
見えるようにしようとは
思わない

見えないものを
見えるようにできるのは
言葉
でも
そんな野暮な真似は
しない方がいい

確認

説明を求められた　俺は
詩の死を確認する

物は残り
知能は死ぬ
死が　俺を新しくする

深い淀みに
浮いているのは

死んだ意味

緑の風に乗って
稲田が走っている
俺は花束を抱いて
言葉に近付く

詩は

言葉から
出発し
何度も
何度も
言葉に帰っていく

詩は
言葉で出来ている
では

言葉って何

蜃気楼

富山湾に行ってごらん
そして岸辺に立って
水平線を見てごらん

そうすると
見えてはいけないものが
見えるよ

いつもではないけれど

降伏するなら今しかない

もう逃げる場所も
時間もない

戦争は殺しあいだ
戦争ほど馬鹿げたことはない

そう口にするほど
おろかなことはない
繰り返し

繰り返し
馬鹿げたことを
やってきたのは誰

反戦を
千回　万回
叫んだところで
戦争は終わることはない
人間は戦争をして
生きてきたのだから

包囲の輪が
狭まっている
自動小銃をかまえた

迷彩服の敵兵は
目前に迫りつつある
俺は敗残兵
あたりには沈黙が
拡がっている

うなされて
はっと目がさめた
俺の戦争
俺の悪夢

不便のすすめ

不便に喜びを感じるなんて
心がこわれているからだろう
なんて邪推するのはやめよう
心が正しく働いているから
不便を求めるのだ

あらゆる
組織が死んでいる
あらゆる

組織が死んでいる

あなたの自主独立の心は
麻酔をかけられて
身動きならない
もう何をされても
拒めない

あらゆるメディアが
総動員されている
必要ないものが
絶対必要と叫ばれている

あなたの心は

見えない手で
制御されている

あらゆる種類の
カードで膨らんだ
あなたの財布は重い

あなたは
買うのではなく
買わされている

不便は
人間への
最高の贈物

鹿を追っていると
山が見えなくなるという
ことを忘れないようにしよう

不思議ね

不思議ね
あなたの矛盾は納得できるなんて
不思議ね
あなたの矛盾は論理的だなんて
不思議ね
あなたの矛盾は正義を黙らせるなんて
不思議ね
あなたの矛盾は核心を突いているなんて
不思議ね

あなたの矛盾は矛盾を超えているなんて

悲劇

人間は人間を
殺して生きてきた

二千万人
六百万人
三百万人
二百万人
…………

もう
悲劇はおこらない
統計があるばかり

友人

こんな俺だけど
きみの真の友人だと
思っている

だから
きみの苦しみには
知らん顔
同情しないよ
同情は

きみを侮辱することだから

どざえもん

あなたの友情には
心から感謝しています
名残惜しいけれど
行かねばなりません
海沿いの道を
まっすぐ行きます

サヨナラ

もうあなたに
お会いすることもないでしょう

もし
どこかで
どざえもん　が
あがったと聞いたら
わたしだと思って下さい
目を開いたまま
言葉の海で
溺れ死んだ

案山子の弁明

鳥獣の悪さから
田畑を守るのが
わたしの仕事

一本足にしたのは
人間様の仕業だよ
多分
わたしが　どこかへ
歩いていってしまわないように

ただ立っていればいいってわけさ

直射日光と
風雨にさらされ
朽ちはてるのが
わたしの行く末

でも
わたしの心に迷いはない
この世界の
あらゆる荒廃を引き受け
背負っているから
荷が重すぎて
立っているだけ　ですけどね

歩けないのは
わたしの自負なのです

このことは
人間様には見えないから
歩けないのか
歩けないのか
と　囃したてるのも
わかるよ

人間

君か
僕か
どちらか
間違っている

すると鳩が飛んできて
言った
どちらも間違っている　と
人間だから

人を殺すもの

安全と安心が
抱擁している
足下に倒れているのは
ろくでなしの俺さ

救急車が
サイレンを鳴らしながら
やってきた

誰を乗せるのか
俺はとっくに死んでいる

孤独

考える　ことを止めれば
孤独は逃げていく
創造する　ことを止めれば
孤独は死ぬ

一人ぼっちと孤独は
全く別物
誤解してはいけない

蛆の巣

言葉のロープで
俺を縛ってくれ
そして
この廃墟につるしてくれ

ドローンもミサイルも
飛んでこない　大地
爆音も地響きもない
けれど白衣の天使のように

優しくはない

ここは
どこだ

腐乱死体だらけ
魂は蛆の巣だ

文明の荒地

翁草の綿毛のように
風に吹かれて飛んできた
あの雑草

もう
言葉は枯れ
きみが
もてあましている
「言葉擬」が繁茂している

ここは文明の荒地だ

ご用心

詩なんて
屁のようなもの
無理矢理
触れたり
追い詰めたり　すれば
悪臭に悩まされるよ
鼬鼠の最後屁にご用心

言外

意味はどこに住んでいるのか
あなたは訪ねたことがありますか

訪ねてみると
すぐに気付きます
言葉そのものにいないことに
住処は辞典じゃありません

言葉の水面を

スイスイ走っている
アメンボウのように
言外にただよっているのです

非人間的

これは
褒め言葉です
だって
そうでしょう

人間は
一番残酷な
生きものなのだから

相転移

雲
水
氷

物質の基本的要素は
同一にもかかわらず
物理的限界を超えると
様相が一変する
決め手は温度だと

教えを受けた

詩の雲
詩の水
詩の氷

そんなことを夢想する
今日　このごろ

もうひとりの俺

このまま行け　と
命じる人がいる
間違ったままで
逆立ちしたままで

いつの間にか
友人たちもいなくなった
このまま行け　と
命じる人に

俺は頷く
俺の心に住んでいる
もうひとりの俺に

マエストロ　くどうべん

同じ歌を何度聞いても
新しい発見がある
マエストロは歌わない
歌そのものだから
歌う必要などないのだ

どう表現するかではなく
どう表現しないか　に
主眼が置かれている

その異色さに
驚嘆させられる

日常を撃墜する射撃王
勇敢なパイロット
それでいて　心は
あまりにも深く
傷ついている

世界は終わっているよ
世界は終わっているよ
マエストロの声が聞こえる
ささやいている声が聞こえる

心の耳を欹てて聞いた
帰らぬ日日

桜んぼの実る頃
銀座の雀
貧乏マルタン
ワルソーのピアニスト
雑草
町に影があった頃
アデュー
…………

すてきな歌の数数
忘れえぬ人

〈注〉【くどうべん】＝本名工藤勉。工藤勉氏は大正十五年八月三日青森県に生まれる。国立音楽大学を経てシャンソンの世界に進む。銀巴里やブンなど多くのシャンソニエで歌い、その独創性に注目が集まる。ジョルジュ・ブラッサンス、レオ・フェレ、シャルル・トレネ、ジルベール・ベコー、シャルル・アズナブールなどの訳詩も手掛けている。その作品性から作詩されたものといった方が正確かもしれない。深い沈黙から言葉を立ち上がらせ、見えないものに光をあて続けた稀有の歌手。日本シャンソンの黄金時代に大活躍した歌手の一人である。平成十五年九月九日他界。ＣＤもあるので関心のある方はどうぞ。なお生前の工藤勉氏とステージをともにしたピアニストの永縄眞百合氏には、資料の提供や御教示をたまわった。厚く御礼申し上げる。

行旅死亡人

病院の地下室から
車に乗せられ
運ばれて行く　きみ

苦しみも
幸せも
用なしだ
閉じられた唇は
もう言葉を発することはない

力尽きて
路傍に倒れた　きみ
後は事務的手続きに従い
荼毘にふされ
官報に公告される

誰も
きみ　を
引き取りにこない
けれど
俺は知っている
それこそ　きみ　の
誇りなのだ　と

MY　SKULL

俺の眼孔から
出たり
入ったり
している　きみ　は
友人だ

小さな魚よ
俺はうれしい

きみの住みかに
なれただけでも
俺の人生は
無駄ではなかったのだ　と

存在　I

無い　と言わないでくれ
見えないからといって
有る　と言わないでくれ
見えるからといって

存在　II

われらの太陽は
百億年くらいで死に
巨大な恒星は
二十億年くらいで死ぬ　と
聞いている

百三十八億光年の彼方から
やって来た
光よ

きみが出発した
宇宙は　今はもう無いかもしれない

存在　Ⅲ

北條民雄

〈注〉【北條民雄】＝『いのちの初夜』の作者。『いのちの初夜』はハンセン病だった作者が療養所に入った最初の一週間をもとに書いた小説。存在の極北といえよう。氏ぬきに存在を語ることは考えられない。なお、タイトルは川端康成氏による。

存在　Ⅳ

言葉が隠れていた
どうしてそこにいるのか
詮索するのは滑稽だ
言葉はいることを
知られたくなかった

そう　かくれんぼをしていたのさ

存在　V

存在を確認する
すべがない　今は
けれど
存在しなければ
宇宙の動きを
説明できない
ダークマター

暗黒物質よ

わたしもあなたのような
存在でありたい

弾圧と虐殺は
詩が芽吹く大地
けれど
詩は手段や目的でない
誰の味方でも
誰の敵でも
ない
詩は
航海する船のように
人の心をどこかへ
つれていってくれる

あとがき

今回の詩集出版に関し、
文芸社の皆様には、
大変お世話になりました。
ありがとうございます。
出版企画部の砂川正臣さん、
編集部の原田浩二さん、
お二人には面倒かけました。
感謝いたします。

著者プロフィール

大岡 直樹（おおおか なおき）

昭和十六年生まれ。栃木県出身。
「自由詩はネットをはらないでテニスをやるようなものだ」
とロバート・フロスト（アメリカの国民的詩人）は指摘しています。
好き勝手に自由詩を書くことは単なる「型なし」でしかないと、
自戒しています。また若い時には見えなかったことが、
年齢を重ねてはじめて見えることもあります。月並みですが、
年をとるのも悪いことばかりではありません。

詩集 めんどうくさい人間

2025年4月15日　初版第1刷発行

著　者　大岡 直樹
発行者　瓜谷 綱延
発行所　株式会社文芸社
〒160-0022　東京都新宿区新宿1－10－1
電話　03-5369-3060（代表）
03-5369-2299（販売）

印刷所　TOPPANクロレ株式会社

ISBN978-4-286-26392-2